陶淵明集卷第六

記傳贊述

桃花源記 幷詩

晉太元中。武陵人捕魚為業。緣溪行。忘路之遠近。忽逢桃花林。夾岸數百步。中無雜樹。芳華鮮美。落英繽紛。漁人甚異之。復前行。欲窮其林。二盡水源。便得一山。山有小口。髣髴若有光。便捨舟。從口入。初極狹。纔通人。復行數十步。豁然開

朗。土地平曠。屋舍儼然。有良田美池桑竹之屬。阡陌交通。雞犬相聞。其中往來種作。男女衣著。悉如外人。黃髮垂髫。並怡然自樂。見漁人。乃大驚。問所從來。具荅之。便要還家。為設酒。殺雞作食。村中聞有此人。咸來問訊。自云。先世避秦時亂。率妻子邑人。來此絕境。不復出焉。遂與外人閒隔。問今是何世。乃不知有漢。無論魏晉。一本有等也二字此人一一為具言

所聞。皆歎惋。餘人各復延至其家。皆出酒食。停數日。辭去。此中人語（一本無語字）云。不足為外人道也。既出。得其船。便扶（一作於）向路。處處誌之。及郡下。詣太守。說如此。太守即遣人隨其往。尋向所誌。遂迷不復得路。南陽劉子驥。高尚士也。聞之。欣然親往。（一本有遊焉二字）未果。尋病終。後遂無問津者。

詩

嬴氏亂天紀。賢者避其世。黃綺之商山。伊人亦云逝。往跡浸復湮。來逕遂蕪廢。相命肆農耕。日入從所憩。桑竹垂餘蔭。菽稷隨時藝。春蠶收長絲。秋熟靡王稅。荒路曖交通。雞犬互鳴吠。俎豆猶古法。衣裳無新製。童孺縱行歌。班白歡遊（一作迎）詣。草榮識節和。木衰知風厲。雖無紀歷誌。四時自成歲。怡然有餘樂。于何勞智慧。奇蹤隱五百。一朝敞神界。淳薄既

異源。旋復還幽蔽。借問遊方士。焉測塵囂外。宋本作塵外地願言躡輕風。高舉尋吾契。

晉故征西大將軍長史孟府君傳

君諱嘉。字萬年。江夏鄂人也。曾祖父宗。以孝行稱。仕吴司空。祖父揖。元康中為廬陵太守。宗葬武昌新陽縣。子孫家焉。遂為縣人也。君少失父。奉母二弟居。娶大司馬長沙桓公陶侃第十女。閨門孝

友。人無能閒。鄉閭稱之。冲默有遠量。弱冠。儔類咸敬之。同郡郭遜。以清操知名。時在君右。常歎君温雅平曠。自以為不及。遜從弟立。亦有才志。與君同時齊譽。每推服焉。由是名冠州里。聲流京邑。太尉潁川庾亮。以帝舅民望。受分陝之重。鎮武昌。并領江州。辟君部廬陵從事。下郡還。亮引問風俗得失。對曰。嘉不知。還傳當問從吏。亮以麈尾掩口而笑。諸從

事既去。喚弟翼語之曰。孟嘉故是盛德人也。君既辭出外。自除吏名。便步歸家。母在堂。兄弟共相歡樂。怡怡如也。旬有餘日。更版為勸學從事。時亮崇修學校。高選儒官。以君望實。故應尚德之舉。太傅河南褚裒。簡穆有器識。時為豫章太守。出朝宗亮。正旦大會州府人士。率多時彥。君坐次甚遠。裒問亮。江州有孟嘉。其人何在。亮云。在坐。卿但自覔。裒歷觀

遂指君謂亮曰。將無是邪。亮欣然而笑。喜裒之得君。奇君為裒之所得。乃益器焉。舉秀才。又為安西將軍庾翼府功曹。再為江州別駕。巴丘令。征西大將軍譙國桓溫參軍。君色（一作既）和而正。溫甚重之。九月九日。溫游龍山。參佐畢集。四弟二甥咸在坐。時佐吏並著戎服。有風吹君帽墮落。溫目左右及賓客勿言。以觀其舉止。君初不自覺。良久如厠。溫命取

以還之。廷尉太原孫盛。為諮議參軍。時
在坐。温命（一作授）紙筆。令嘲之。文成示温。
温以著坐處。君歸。見嘲笑而請筆作荅。
了不容思。文辭超卓。四座歎之。奉使京
師。除尚書刪定郎。不拜。孝宗穆皇帝聞
其名。賜見東堂。君辭以脚疾。不任拜起。
詔使人扶入。君嘗為刺史謝永別駕。永
會稽人。喪亡。君求赴義。路由永興。高陽
許詢。有儁才。辭榮不仕。每縱心獨往。客

居縣界。嘗乘船近行。適逢君過。歎曰。都
邑美士。吾盡識之。獨不識此人。唯聞中
州有孟嘉者。將非是乎。然亦何由來此。
使問君之從者。君謂其使曰。本心相過。
今先赴義。尋還就君。及歸。遂止信宿。雅
相知得。有若舊交。還至。轉從事中郎。俄
遷長史。在朝隤然。仗正順而已。門無雜
賓。常會神情獨得。便超然命駕。逕之龍
山。顧景酣宴。造夕乃歸。温從容謂君曰。

人不可無勢。我乃能駕御卿。後以疾終於家。年五十一。始自總髮。至于知命。行不苟合。言不夸矜。未嘗有喜慍之容。好酣飲。逾多不亂。至於任懷得意。融然遠寄。傍若無人。溫嘗問君。酒有何好。而卿嗜之。君笑而答曰。明公但不得酒中趣尒。又問聽妓。絲不如竹。竹不如肉。荅曰。漸近自然。中散大夫桂陽羅含賦之曰。孟生善酣。不愆其意。光祿大夫南陽劉

躭。昔與君同在溫府。淵明從父。太常夔常問躭。君若在當已作公不。荅云。此本是三司人。為時所重如此。淵明先親。君之第四女也。凱風寒泉之思。寔鍾厥心。謹按採（一作採拾）行事。撰為此傳。懼或乖繆。有虧大雅君子之德。所以戰戰兢兢。若履深薄（一作薄冰）云爾。

贊曰。孔子稱進德修業。以及時也。君清蹈衡門。則令問孔昭。振纓公朝。則德音

允集。道悠運促。不終遠業。惜哉。仁者必壽。豈斯言之謬乎。

五柳先生傳

先生不知何許人也。亦不詳其姓字。宅邊有五柳樹。因以為號焉。閑靖少言。不慕榮利。好讀書。不求甚解。每有會意。便欣然忘食。性嗜酒。家貧。不能常得。親舊知其如此。或置酒而招之。造飲輒盡。期在必醉。既醉而退。曾不吝情去留。環堵蕭然。不蔽風日。短褐穿結。簞瓢屢空。晏如也。常著文章自娛。頗示已志。忘懷得失。以此自終。

贊曰。黔婁有言。不戚戚於貧賤。不汲汲於富貴。極其言茲若人之儔乎。酣觴賦詩。以樂其志。（一作酒酣自得賦詩樂志）無懷氏之民歟。葛天氏之民歟。

扇上畫贊

荷蓧丈人　長沮桀溺

於陵仲子　張長公
丙曼容　鄭次都
薛孟嘗　周陽珪

三五道邈。淳風日盡。九流參差。互相推隕。形逐物遷。心無常準。是以達人。有時而隱。四體不勤。五穀不分。超超丈人。日夕在耘。遼遼沮溺。耦耕自欣。入鳥不駭。雜獸斯羣。至矣於陵。養氣浩然。蔑彼結駟。甘此灌園。張生一仕。曾以事還。顧我

不能。高謝人間。岧岧丙公。望崖輒歸。匪驕匪吝。前路威夷。鄭叟不合。垂釣川湄。交酌林下。清言究微。孟嘗遊學。天網時疎。眷言哲友。振褐偕徂。美哉周子。稱疾閑居。寄心清尚。悠然自娛。翳翳衡門。洋洋泌流。曰琴曰書。顧眄有儔。飲河既足。自外皆休。緬懷千載。託契孤遊。

讀史述九章 余讀史記有所感而述之

夷齊

二十年纂圖。相薨。天入朝命。紀錄
君。來蘇高晟。厚植黃肅。貞風表滋。容安處
講夫。
其年
於邸以處。酒有遍二。拙一但伏謝。軀若嶺
於。家二輯乎。以坦躁夷。教童以畏。模冀未
其悲。
銘辭
咨入未忌。相宜實難。深美治交。紛未敢

寔。諳主華以瀝。政名安。宵請嚴亮。令名
慎守。
林梓
遺。主卑及難。土若咨已。望義如歸。乃伊二
子。控主揮鈞。靈謙餘取。公源求聞。百伏
見。紀。
七十二年乎
洵二。擊電。莫日匪覺。慎其日月。未除至
言。應由大難。激若清辛。回也早失。賜通

長年。

屈賈

進德修業。將以及時。如彼稷契。孰不願之。嗟乎二賢。逢世多疑。候詹寫志。感鵩獻辭。

韓非

豐狐隱穴。以文自殘。君子失時。白首抱關。巧行居災。忮辯召（一作自招）患。哀矣韓生。竟死說難。

魯二儒

易代（一作大易）隨時。迷變則愚。介〻若人。特為貞夫。德不百年。汙我詩書。逝然不顧。被褐幽居。

張長公

遠（一作達）哉長公。蕭然何事。世路多端。皆為我異。（一作世路多偽而我獨異）斂轡朅來。獨養其志。寢跡窮年。誰知斯意。

陶淵明集卷第六

陶淵明集卷第七

傳贊

天子孝傳

虞舜　夏禹

殷高宗　周文王

虞舜父頑母嚚。事之於畎畝之間。以孝烝烝。是以堯聞而揆之。富有天下。貴為天子。以為不順於父母。若窮而無歸。惟聞親可以得意。苟違朝夕。若嬰兒之思戀。故稱舜五十而慕。書曰。戛擊鳴球。搏拊琴瑟以詠。祖考來格。言思其來而訓一作謂之。愛敬盡於事親。是以德教加於百姓。刑于四海。夏禹有天下以奉宗廟。然躬自菲薄以厚其孝。孔子曰。禹。吾無間然矣。菲飲食而致孝乎鬼神。惡衣服而致美乎黻冕。禹之德。於是稱聞。聖人之德。無以加於孝敬。孝敬之道。美莫大焉。殷高宗諒陰。三年不言。百官總己而

聽於冢宰。三年而後言。天下咸歡。德教大行。孝道以興。詩曰。一人有慶。兆民賴之。其此之謂乎。周文王之為世子也。朝於王季日三。雞鳴至於寢門。問於內豎。內豎曰安。文王乃喜。不安。則色憂。行不能正履。日中。暮。亦如之。食上。必視寒溫之節。食下。必問所膳而後退。文王孝道先大。其化自近至遠。刑于寡妻。以御于家邦。故得萬國之歡心。以事其先王矣。

贊曰

至哉后德。聖欲自天。陶漁致養。菲薄饗先親。齋色憂。諒陰寢言。一人有慶。千載賴旃。

諸侯孝傳

周公旦　魯孝公

河間惠王

周公旦。武王之弟。成王幼少。周公攝政。制禮作樂。郊祀后稷以配天。宗祀文王

於明堂。以配上帝。是以四海之内。各以其職来祭。詩曰。於穆清廟。肅雍顯相。言諸侯樂其位而欲其事也。仲尼曰。孝莫大於嚴父。嚴父莫大於配天。則周公其人也。貴而不驕。位高彌謙。自承文武之休烈。孝道通于神明。光被四海。武王封之於魯。備其禮樂。以奉宗廟。爲魯孝公之為公子。周宣王問公子能道訓諸侯者立之。樊穆仲稱其孝曰。肅恭明神。而欲事耆老。賦事行刑。必問於遺訓。咨於故實。不干所問。不犯所咨。王曰。然則能訓理其民矣。乃命之於夷宮。是為孝公。夫宗廟致敬。不忘親也。有國不亦宜乎。漢河間惠王。獻王之曾孫也。西京藩邑。多驕放之失。其名德者。唯獻王。而惠王繼之。漢書稱其能脩獻王之行。母薨服喪盡禮。哀帝下詔書褒揚。以為宗室儀表。增封萬戶。禮。古之人皆然。至於末俗

褒薄。固已賢矣。貴而率禮又難。其見褒
賞不亦宜乎。

贊曰

貴驕殊途。不期而會。周公勞謙。乃成光
大。二侯承魯。遵儉去泰。河間率禮。漢宗
是賴。

卿大夫孝傳

孔子　孟莊子

潁考叔

孔子。魯人也。入則事父兄。出則事公卿。
喪事不敢不勉。故稱曰孝乎惟孝。友于
兄弟。是亦為政也。君賜腥。必熟而薦之。
雖蔬食而齊。祭如在。鄉人儺。朝服立於
阼階。孝之至也。至德要道。莫大於孝。是
以曾參受而書之。游夏之徒。常咨稟焉。
許止不嘗藥。書以殺父。宰我暫言減喪。
責以不仁。言合訓典。行合世範。德義可
尊。作事可法。遺文不朽。揚名千載。孟莊

子。魯人也。孔子稱其孝。其他可能也。其不改父之政與父之臣。是難能也。夫孝子之事親也。事亡如事存。故當不義則爭之。存所不爭。則亡亦不敢改父之道。猶謂之孝。況終身乎。潁考叔鄭人也。莊公以叔段之故。與母誓曰。不及黃泉。無相見也。既而悔之。考叔為封人。聞之。有獻於公。公賜之食。而舍肉。公問之。對曰。小人有母。未嘗君之羹。請以遺之。公曰。

汝有母遺。繄我獨無。考叔曰。何謂也。公語之故。且告之悔。考叔曰。若掘地及泉。隧而相見。其誰曰不然。公從之。遂為母子如初。君子曰。潁考叔純孝也。愛其母而施及莊公。詩云。孝子不匱。永錫爾類。其是之謂乎。

賛曰

仁惟本悌。聖亦基孝。恂恂尼父。固天攸造。導一作　二子承親。式禮遵誥。永錫純懿。

無改遺操。

士孝傳

高柴　樂正子春

孔奮　黃香

高柴衛人也。喪親。泣血三年。未嘗見齒。所謂哭不偯言不文也。為武城宰而化行。民有不服其親者改之。行喪如禮。君子之德風也。以身先之。而民不遺其親

樂正子春魯人也。下堂傷足。既瘳數月

不出。猶有憂色。曰。吾聞之曾子。父母全而生之。己全而歸之。可謂孝矣。故君子一舉足。一出言。不敢忘父母。不敢毀傷。孝之始也。夫能敬慎若斯。而災患及者。未之有也。

孔奮扶風人也。少以孝行著名州里。供養至謹。在官唯母極甘美。妻息菜食。歷位以清。夫人情莫不欲厚其親。然亦有分焉。奮則難繼。能致愉以全養者。鮮矣。

黃香。江夏人也。九歲失母。思

慕胥立。事父竭力以致養。冬無被袴而盡滋味。暑則扇床枕。寒則以身温席。漢和帝嘉之。特加異賜。歷位恭勤。寵禄榮親。可謂夙興夜寐。無忝爾所生者也。

贊曰

顯允群士。行殊名鈞。咸能夙夜。以義榮親。率彼城邑。用化厥民。忠以悟主。其孝乃純。

庶人孝傳

江革　廉範

汝郁　殷陶

江革。齊人也。漢章帝時。避賊負母而逃。賊覩之。不害而告其生路。竭力傭債。以致甘暖。和顏悦色。以盡歡心。欲親之安。自挽車以行。鄉人歸之。號曰江巨孝。位至五官中郎將。天子嘉焉。寵遇甚厚。告歸。詔書襃美。就家禮其終身。以顯異行。

廉範。京兆人也。少孤。十五入蜀迎父喪。

應撫派令人為之長分發十人（電），
曉諭書籍蒙深審其意也之思恩興治。
自端年又不為人歟外誦日可發為。
從甘課告能否為之盡書已安鬻以救
應限久不給乃指其主翁取臆意已
了甲經人為藥重希希報安資年任訊

《墨林》十

陳人彬

安箱 郭雷
竹年 應擴

十　布梢

已為。
曉導教發雨里乃只其生本其者。
顧乃辭士不為名話翁是久只乃義養

贊曰
顧乃顧風興希雜樂未醒居士佐為
任希希小書乃興恩顧令希繁輝繁
盡霖朵點語區未希蒙取乙思恩顧繁輝繁
葉霖似應又雷也又興乘又乘安希彬

遇石舡覆。靰執歟一作抱棺而沒。舡人救之。僅免於死。遂以喪歸。及仕郡。拯太守於危難。送故盡節。章帝時為郡守。百姓歌詠之。夫孝者。人之本。教之所由生也。是以範之臨危也勇。宰民也惠。能以義顯也。汝郁陳郡人也。五歲。母病不食。郁亦不食。母憐之。強食。郁能察色知病。輒復不食。族人号曰異童。年十五。著於鄉里。父母終。思慕致毀。推財與兄弟。隱於草

澤。君子以為難。況童亂孝於自然。可謂天性也。膀陶。汝南人也。年十二。以孝稱。遭父憂。率情合禮。有長蛇帶其門。舉家奔走。陶以喪柩在焉。獨居廬不動。親戚扶持曉喻。莫能移之。啼號益盛。由是顯名。屢辤辟命。夫智者不惑。勇者不懼。陶孝於其親。而智勇並彰乎弱齡。斯又難矣。

贊曰

事親盡歡。其難在色。彼養以祿。我養以力。義在一作存愛敬。榮不假飾。嗟爾衆庶。鑒茲前式。

陶淵明集卷第七

[illegible]

西涯四集卷之七

陶淵明集卷第八

疏祭文

與子儼等疏

告儼俟份佚佟。天地賦命。生必有死。自古聖賢。誰獨能免。子夏有言曰。死生有命。富貴在天。四友之人。一曰四方之友親受音旨。發斯談者。將非窮達不可妄求。壽夭永無外請故邪。吾年過五十。少而窮苦。每以家弊。東西遊走。性剛才拙。與物多

忤。自量為已。必貽俗患。僶俛辭世。使汝等幼而飢寒。余嘗感孺仲賢妻之言。敗絮自擁。何慚兒子。此既一事矣。但恨鄰靡二仲。室無萊婦。抱茲苦心。良獨內愧。少學琴書。一作少来好書偶愛閑靜。開卷有得。便欣然忘食。見樹木交蔭。時鳥變聲。亦復歡然有喜。常言五六月中。北牕下卧。遇涼風暫至。自謂是羲皇上人。意淺識罕。謂斯言可保。日月遂一作逝往。機巧好

踈緬求在昔。眇然如何。疾患以來。漸就衰損。親舊不遺。每以藥石見救。自恐大分將有限也。汝輩稚小家貧。每役柴水之勞。何時可免。念之在心。若何可言。然汝等雖不同生。當思四海皆兄弟之義。鮑叔管仲。分財無猜。歸生伍舉。班荆道舊。遂能以敗為成。因喪立功。他人尚爾。況同父之人哉。潁川韓元長。漢末名士。身處卿佐。八十而終。兄弟同居。至于沒齒。濟北范稚春。（南史作幼春宋書作汜稚春）晉時操行人也。七世同財。家人無怨色。（一作辟）詩曰。高山仰止。景行行止。雖不能爾。至心尚（一作善）之。汝其慎哉。吾復何言。

祭程氏妹文

維晉義熙三年。五月甲辰。程氏妹服制再周。淵明以少牢之奠。俛而酹之。（一作裸）嗚呼哀哉。寒往暑來。日月寖踈。梁塵委積。庭草荒蕪。寥寥空室。哀哀遺孫。肴觴

[illegible]

悲一往之不返。情惻々以摧心。淚愍々
而盈眼。乃以園果時醪。祖其將行。嗚呼
哀哉。於鑠吾弟。有操有槩。孝發幼齡。友
自天愛。少思寡欲。靡執靡介。後己先人。
臨財思惠。心遺得失。情不依世。其色能
溫。其言則厲。樂勝朋高。好是文藝。遙々
帝鄉。爰感奇心。絕粒委務。考槃山陰。淙
淙懸溜。曖々荒林。晨採上藥。夕閑素琴。
曰仁者壽。竊獨信之。如何斯言。徒能見

欺。年甫過立。奄與世辭。長歸蒿里。邈無
還期。惟我與爾。匪但親友。父則同生。母
則從母。相及齠齒。並罹偏咎。斯情實深。
斯愛實厚。念疇昔日。同房之歡。冬無縕
褐。夏渴瓢簞。相將以道。相開以顏。豈不
多乏。忽忘飢寒。余嘗學仕。纏綿人事。流
浪無成。懼負素志。斂策歸來。爾知我意。
常願攜手。寘彼衆意。一作宜 衆特異 每憶有秋。
我將其刈。與汝偕行。舫汎一作舟同濟。三

宿水濵。樂飲川界。靜月澄高。温風始逝。撫杯而言。物久人脆。奈何吾弟。先我離世。事不可尋。思亦何極。日徂月流。寒暑代息。死生異方。存亡有域。候晨永歸。指塗載陟。呱呱遺稚。未能正言。哀哀嫠人。禮儀孔閑。庭樹如故。齋宇廓然。孰云敬遠。何時復還。余惟人斯。昧茲近情。蓍龜有告。（一作吉）制我祖行。望旐翩翩。執筆涕盈。神其有知。昭余中誠。嗚呼哀哉。

自祭文

歲惟丁卯。律中無射。天寒夜長。風氣（一作凉風）蕭索。鴻鴈于征。草木黄落。陶子將辭逆旅之館。永歸於本宅。故人悽其相悲。同祖行於今夕。羞以嘉蔬。薦以清酌。候顏已冥。聆音愈漠。嗚呼哀哉。茫茫大塊。悠悠蒼旻。是生萬物。余得為人。自余為人。逢運之貧。簞瓢屢罄。絺綌冬陳。含歡谷汲。行歌負薪。翳翳柴門。事我宵晨。春

秋代謝。有務中園。載耘載耔。迺育迺繁。
欣以素牘。和以七弦。冬曝其日。夏濯其
泉。勤靡餘勞。心有常閑。樂天委分。以至
一作慰百年。惟此百年。夫人愛之。懼彼無
成。愒日惜時。存為世珍。歿亦見思。嗟我
獨邁。曾是異茲。寵非己榮。涅豈吾緇。捽
兀窮廬。酣飲一作歌賦詩。識運知命。疇能
罔眷。余今斯化。可以無恨。壽涉百齡。身
慕肥遁。從一作以老得終。奚所復戀。寒暑

逾邁。亡既異存。外姻晨來。良友宵奔。葬
之中野。以安其魂。窅窅我行。蕭蕭墓門。
奢恥宋臣。儉笑王孫。廓兮已滅。慨焉已
遐。不封不樹。日月遂過。匪貴前譽。孰重
後歌。人生實難。死如之何。嗚呼哀哉。

陶淵明集卷第八

陶淵明集卷第九

集聖賢群輔録上

明由曉升級。（宋均曰級等差政所先後也）必育受稅俗。（宋均曰受賦稅及偃役所宜施為也）成博受古諸。（宋均曰古諸侯職等也）隕丘（一作立）受延嬉。（宋均曰延長嬉興也主受四錄也）

右燧人四佐。燧人出天。四佐出洛。（宋均曰出天天所生出洛地所生也）

金提（一作堤）主化俗。（宋均曰為民除災害也）鳥明主建福。（宋均曰福利民也）視默主災惡。（宋均曰為民除災惡也）紀通為中職。（宋均曰為田主主內職也）仲起為海陸。（宋均曰主平地兼統海也）陽侯為江海。（宋均曰主江海事一本作江湖）

右伏羲六佐。六佐出世。（宋均曰宓戲不及燧人故增二佐出世人所生也）

風后受金法。（宋均曰金法言能決理是非也）天老受天籙。（宋均曰籙天教命也）五聖受道級。（宋均曰級次序也）知命受糾俗。（宋均曰糾正也）窺紀受變復。（宋均曰有禍變

能補復也地典受州絡。宋均曰絡維絡也力墨受準

斤。宋均曰準斤凡事也力墨或作力牧

右黃帝七輔。州選舉翼佐帝德。自

燧人四佐至七輔。見論語摘輔象。

重。該。脩。熙。

右少昊四叔。實能金木及水。使重

為句芒。該為蓐收。脩及熙為玄冥。

世不失職。遂濟窮桑。見左傳蔡墨

辭。

羲仲。羲叔。和仲。和叔。

右羲和四子。孔安國云。即堯之四

岳。分掌四岳諸侯。鄭玄云。堯既分

陰陽為四時。命羲仲和仲羲叔和

叔等為之官。又主方岳之事。是為

四岳。見鄭尚書注。

伯夷為陽伯。樂舞侏離歌曰招陽羲仲之後為羲

伯。樂舞謷哉歌曰南陽棄為夏伯。樂舞武漫哉歌曰祁慮一無武

字羲叔之後為羲伯。樂舞將陽歌曰朱華咎繇為

秋伯。樂舞蔡俶歌曰零落和仲之後為和伯。歌曰歸來垂為冬伯。樂舞丹鳳一曰齊落歌曰齊樂一曰縵縵

右八伯。自羲和死後。分置八伯。舜既即位。元祀巡狩。每至其方。各貢兩伯之樂。大傳。冬伯後闕一人。鄭玄云。此上下有脫簡。其說未聞。十有五祀後。又百工相和而歌慶雲。八伯稽首而進者也。見尚書大傳。

讙兜。共工。鯀。三苗。

右四凶。

蒼舒。隤敳。檮戭。大臨。尨降。

庭堅。仲容。叔達。

右高陽氏才子八人。齊聖廣淵。明允篤誠。天下之民。謂之八凱。

伯奮。仲堪。叔獻。季仲。伯虎。

仲熊。叔豹。季貍。

右高辛氏才子八人。忠肅恭懿。宣慈惠和。天下之民。謂之八元。從四

凶至此。悉見左傳季文子辭。

禹作司空。棄作稷。契作司徒。咎繇作士。益作朕虞。垂作共工。伯夷作秩宗。龍作納言。夔作典樂。

右九官。舜登帝位所選命。見尚書。

雄陶。方回。續牙。伯陽。東不訾（或云不識）。秦不虛。（或云不空）靈甫。

右舜七友。並為歷山雷澤之游。戰國策顏歜云。堯有九佐。舜有七友。而尸子只載雄陶等六人。不載靈甫。皇甫士安作逸士傳云。視其友則雄陶。方回。續牙。伯陽。東不訾。秦不空。靈甫之徒。是為七子。與戰國策相應。

禹。稷。契。皋陶。益。

右舜五臣。見論語。已列九官中。

禹。稷。契。皋陶。伯夷。垂。益。夔。

右八師。見楚辭七諫。

伯夷。禹。稷。

右三后。伯夷降典。制民惟刑。禹平水土。主名山川。稷降播種。農植嘉穀。三后成功。惟殷于民。漢太尉楊賜曰。昔三后成功。皋陶不與焉。蓋各之也。見尚書甫刑。後漢書。

微子。箕子。比干。

右殷三仁。論語曰。微子去之。箕子

為之奴。比干諫而死。孔子曰。殷有三仁焉。

伯夷。太公。

右二老。尚書大傳曰。太公避紂。居東海之濱。皆率其黨曰。盍歸乎。吾聞西伯昌善養老。此二人者。蓋天下之大老也。往而歸之。是天下之父歸之也。天下之父歸之。其子焉往。孔融曰。西伯以二老開王業。

閎夭。　太公望。　南宮适。　散宜生。

右文王四友。尚書大傳云。閎夭。南宮适。散宜生三子學于太公望。望曰。嗟乎。西伯賢君也。四子遂見西伯於羑里。孔子曰。文王有四臣。丘亦得四友。此四人則文王四隣也。

伯達。　伯适。　仲突。　仲忽。　叔夜。

叔夏。　季隨。　季騧。

右周八士。見論語。賈逵以為文王

時。鄭玄以為成王時也。

伯邑考。　武王發。　管叔鮮。

周公旦。　蔡叔度。　曹叔振鐸。

霍叔武。　郕叔處。　康叔封。

聃季載。（一本無郕叔處有毛叔國）

右太姒十子。太史公曰。太姒十子。周以宗彊。見史記。

周公旦。　邵公奭。　太公望。

畢公。　毛公。　閎公。

[illegible]

傳。毛詩。

以從死。詩人이作黃鳥。

右三良。子車氏之子。秦穆公殉葬。

奄息。仲行。鍼虎。

國語曰。重耳還五日。

十年。有士五人。見左傳及晉太尉

右晉文公從亡五人。叔向曰。三十

魏武子。司空季子。

狐偃。趙衰。顛頡。

王이相乃讒之王其貴之也。

右五王。殷林相馬ᄒᆞ中曰。古有五

大夫冉贊。公子襄。

秦公子。吳[illegible]。

友

右周十亂。見論語。其一人曰邑姜。

文母。太姒也

太顛。南宮适。散宜生。

子產賦隰桑。子國子公孫段賦桑扈。子豐子伯有賦鶉之賁賁。子良孫子耳子子大叔賦野有蔓草。子游孫子蟜子印段賦蟋蟀。子印孫子張子

右鄭七穆。謂之七子。鄭穆公子十有一人。罕駟豐印游國良七人子孫。並有才名。世任鄭國之政。以免晉楚之難。謂之七穆。叔向曰。鄭士穆氏其后亡乎。及諸侯為宋之盟。

鄭伯享趙武于垂隴。七卿皆從。文子曰。七卿從君。以寵武也。請皆賦以卒君貺。亦以觀七子之志。見左傳。又吳質書云。趙武過鄭。七子賦詩。

仲孫穀文伯。獻子莊子孝伯僖子懿子武伯叔孫得臣莊叔。穆子昭子成子武子文子季孫行父文子。武子悼子平子桓子康子

右魯桓公之曾孫。世秉魯政。號曰

三桓。孔子曰。三桓之子孫微矣。見論語。左傳。

趙無恤襄子。趙襄始為卿至無恤四世范吉射昭子。士會始為卿至吉射五世智瑤襄子。荀首始為卿至瑤六世一荀寅文子。荀林父始為卿至寅四世魏多襄子。多四世韓不信簡子。韓厥始為卿至不信四世

右六族。世為晉卿。並有功名。此六人實弱晉國。淳于越云。卒有田常六卿之臣。劉向亦曰。田常復見於今。六卿必起於漢。見左傳。史記。漢書。

儀封人。荷蕢。晨門。楚狂接輿。長沮。桀溺。荷蓧丈人。一作伯夷叔齊虞仲夷逸朱張柳下惠少連

右作者七人。論語曰。賢者避世。其次避地。其次避色。其次避言。孔子曰。作者七人。見包氏注。董威贊詩曰。洋洋乎盈耳哉。而作者七人。

曰。[illegible]二[illegible]耳[illegible]。[illegible]者十人。[illegible]

曰。[illegible]者十人。[illegible]

[illegible]其[illegible]。[illegible]信。[illegible]

[illegible]者十人。[illegible]曰[illegible]者[illegible]。其

[illegible]

[illegible]人。[illegible]

[illegible]人。[illegible]

書。

[illegible]

[illegible]

[illegible]曰[illegible]田[illegible]

人[illegible]田[illegible]

[illegible]

[illegible]不信[illegible]

[illegible]

[illegible]

[illegible]

三[illegible]曰。三[illegible]